# GUÍA DE LECTURA

Escrita por Tram-Bach Graulich
Traducida por Laura Soler Pinson

# Las benévolas

## de Jonathan Littell

## JONATHAN LITTELL 1

Escritor franco-estadounidense

## LAS BENÉVOLAS 2

Unas gotas de escándalo

## RESUMEN 3

Stalingrado-Berlín (diciembre de 1942-principios de 1943)

Auschwitz-Birkenau (1943-principios de 1945)

La mansión (1945)

## ESTUDIO DE LOS PERSONAJES 8

El narrador (Max Aue)

Su hermana (Una)

Su madre y su padrastro

Sus *alter egos*

## CLAVES DE LECTURA 12

El nacionalsocialismo, religión política

Nacionalsocialismo, bolchevismo y judaísmo

La burocratización del mal

Omnipresencia del registro escatológico

La música de la atrocidad

## PISTAS PARA LA REFLEXIÓN 18

Algunas preguntas para profundizar en su reflexión...

## PARA IR MÁS ALLÁ 21

# JONATHAN LITTELL

## ESCRITOR FRANCO-ESTADOUNIDENSE

- **Nacido en 1967 en Nueva York (Estados Unidos)**
- **Algunas de sus obras:**
  - *Las benévolas* (2006), novela
  - *Lo seco y lo húmedo* (2008), novela
  - *Récit sur rien* (2009), relato

Jonathan Littell nació en Nueva York en 1967, en una familia judía de origen polaco. Tras haber vivido durante mucho tiempo en Francia, donde completa sus estudios en el instituto en 1985, entra en la universidad de Yale y obtiene un título de Arte y Literatura. A continuación, emprende una gran cantidad de viajes, sobre todo a los Balcanes, a Afganistán y a África. Atormentado desde su infancia por las atrocidades del holocausto y de la Segunda Guerra Mundial, empieza a escribir en 2001 su primera novela, *Las benévolas*. Publicada en 2006, esta novela, muy polémica, es galardonada con el Premio Goncourt y con el Gran Premio de la Academia Francesa.

# LAS BENÉVOLAS

## UNAS GOTAS DE ESCÁNDALO

- **Género:** novela
- **Edición de referencia:** Littell, Jonathan. 2007. *Las benévolas*. Traducido por María Teresa Gallego Urrutia. Barcelona: RBA Libros. E-book en PDF
- **Primera edición:** 2006
- **Temáticas:** Segunda Guerra Mundial, nazismo, Shoah, sexualidad, fantasía, muerte

*Las benévolas*, el acontecimiento de la *rentrée* literaria francesa de 2006, tuvo una campaña de promoción en ocasiones agresiva y un olor a escándalo que contribuyeron en gran medida a su éxito. La novela, que cuenta las memorias ficticias de un antiguo oficial de las SS durante la Segunda Guerra Mundial, presenta la particularidad de narrarnos las atrocidades de la guerra a través de los ojos de los verdugos. *Las benévolas* es una novela en la que abundan las referencias culturales y las claves de lectura. Este libro, que ha sido muy criticado, en especial por su estilo, considerado crudo y salvaje, o por su aspecto de documental, también ha sido objeto de elogios.

# RESUMEN

La acción empieza en 1941. El teniente de las SS (*Obersturmführer*) Max Aue está en Ucrania en un ejército que tiene por misión acabar con los elementos potencialmente peligrosos que se encuentran tras las líneas del frente. En realidad, su acción se aplica principalmente a la población judía, a la que se fusila sistemáticamente en los bosques (Littell 2007, 324). El 10 de octubre, el día de su cumpleaños, Aue recibe un ascenso. A finales de año, es enviado a un sanatorio en Crimea para que descanse (Littell 2007, 569).

A continuación, lo envían al Cáucaso con la misión de ser informador, pero tras unas diferencias ideológicas —y también tras las sospechas sobre su posible homosexualidad—, lo envían a luchar a Stalingrado (Moscú).

## STALINGRADO-BERLÍN (DICIEMBRE DE 1942-PRINCIPIOS DE 1943)

Llega a Stalingrado la víspera de la Navidad de 1942. Aue se encuentra con Thomas, un viejo amigo, en uno de los más absolutos caos: Stalingrado se ve castigada por obuses a intervalos regulares, la tierra está tan congelada que es imposible enterrar a los cadáveres, y los soldados están infestados de piojos. Además, a través de los altavoces, los soviéticos difunden mensajes de propaganda y música con el objetivo de deprimir a los soldados alemanes. Aue, que de vez en cuando sufre cólicos, se pone a «cagar» en cualquier parte y, entre cólico y cólico, fantasea con su hermana Una

(Littell 2007, 1769). Un día, estalla un obús que se lleva por delante a Thomas que, a pesar de que «del vientre le salían los intestinos como largas serpientes», (Littell 2007, 1718), consigue sobrevivir milagrosamente uniendo sus vísceras. Cuando Aue, presa de las alucinaciones, ve a su hermana prometida a un enano en una procesión nupcial, el relato entra de lleno en lo fantástico. Durante una ofensiva rusa, una bala le atraviesa la cabeza.

Aue se despierta a principios del año 1943, en un hospital de Berlín. Tras haber recibido el impacto de la bala, es ascendido y condecorado. En marzo, el doctor Mandelbrod (Littell 2007, 1868), personaje influyente que conoció a su padre y a su abuelo, lo invita a su casa. A continuación, vuelve a ver a su hermana Una, que se ha casado. En su infancia, se entregaron a juegos sexuales, razón por la que todavía fantasea con ella, pero esta le informa de que «el pasado se acabó» (Littell 2007, 2020): ahora ama a su marido.

La madre de ambos había abandonado a su padre, y por ello Aue le guarda un enorme rencor. Sin embargo, decide ir a Francia para visitarla tanto a ella como a su padrastro, Moreau. En su casa viven unos gemelos cuya presencia le perturba con razón: una mañana, al levantarse, halla el cuerpo de Moreau, asesinado a hachazos, y el de su madre, estrangulada. Los gemelos han desaparecido e incluso su ropa está manchada de sangre.

# AUSCHWITZ-BIRKENAU (1943-PRINCIPIOS DE 1945)

Gracias a los contactos de Mandelbrod, Aue es destinado al Estado Mayor personal del *Reichsführer* Himmler, patrón de las SS, y trabaja entonces en la *Endlösung* (la «solución final»). Es enviado de visita a los campos de Lublin y de Auschwitz-Birkenau, donde descubre la realidad de los *Lager* (campos de concentración): los judíos son hacinados en barracones insalubres, sometidos a las peores condiciones de higiene. En lo que respecta a los no aptos para el trabajo, son gaseados haciéndoles creer que van a tomar una ducha (Littell 2007, 2437). Además, la corrupción está omnipresente. En cuanto Aue vuelve a Berlín, es colocado a la cabeza de un departamento especializado en la alimentación en los campos (Littell 2007, 2654): se trata de aumentar la productividad de los campos aumentando ligeramente los costes de alimentación de los *Häftlinge* (detenidos).

Frente al avance ruso, los alemanes se ven obligados a evacuar los *Lager* en diciembre de 1944: Aue participa en la evacuación de Auschwitz, que se desarrolla en unas condiciones deplorables.

Mientras tanto, una orden del tribunal lo ha declarado inocente de los asesinatos de su madre y de su padrastro, pero dos policías, Clemens y Weser, se obstinan en perseguirle: terminarán por encontrarlo más tarde. Cuando ya parece que Alemania ha perdido la guerra, a principios de 1945, Aue se va de vacaciones y se instala en la mansión del marido de Una, en Pomerania.

# LA MANSIÓN (1945)

La mansión no está ocupada cuando llega. Allí se establece e imagina diálogos ficticios con su hermana y su marido. Poco a poco, se emborracha y entra en trance y, durante un sueño, ve a su hermana con la entrepierna manchada de excrementos (Littell 2007, 3662). Imagina que le hace el amor, y acaba por masturbarse en el lecho conyugal (Littell 2007, 3741-3742). Le gusta imaginarse que vive solo en esta mansión con su hermana y se pasea desnudo. Además, en un delirio transexual, se rasura todo el cuerpo y, tras haberse convertido en Una, se masturba de nuevo (Littell 2007, 3787): «Teníamos los cuerpos idénticos y yo quería explicarle» (Littell 2007, 3748). Finalmente, en el jardín ve el fantasma de una niña ahorcada que había visto en Ucrania. Se cuelga en el bosque de pinos con un cinturón, tiene un orgasmo y se echa a llorar (Littell 2007, 3812).

Mientras tanto, sus vacaciones han llegado a su fin, y los rusos invaden Alemania. Una mañana, Thomas va a buscarlo a la mansión. En el camino que los lleva a Berlín, rozan la muerte en varias ocasiones. En la capital reina una enorme confusión. En abril de 1945, el Führer condecora a Aue personalmente, pero por alguna razón incongruente, este último le hinca el diente en la nariz, como si fuera un castigo para un niño que se ha portado mal (Littell 2007, 4013). Lo arrestan tras haberle propinado una paliza, pero logra escaparse aprovechando la explosión de un obús (Littell 2007, 4025). Se mete en una boca de metro y allí se encuentra con Clemens y Weser, que siguen considerándolo culpable del asesinato de su madre y de su padrastro. No obstante, Aue consigue huir gracias a un tiroteo que resuena en el metro en ese momento. Tras haber visto una última vez a Mandelbrod, entra en el zoo de Berlín, donde yacen cadáveres de animales (Littell 2007, 4066). Clemens, que lo ha seguido, aparece, dispuesto a ejecutarlo, pero Thomas llega y lo mata. Mientras se agacha hacia el cadáver del policía para robarle lo que lleve, Aue le parte la nuca con una barra de hierro. Evalúa entonces el vacío de su vida: «De repente, notaba todo el peso del pasado, del dolor de la vida y de la memoria inalterable [...]. Las Benévolas habían dado con mi rastro» (Littell 2007, 4075).

Muchos años después, Aue decide escribir sus memorias, antes que nada, «para matar el tiempo» (Littell 2007, 12) y «para ver si pued[e] aún sentir algo» (Littell 2007, 49). Establece un cálculo sórdido del número de víctimas de la guerra en URSS y de la Shoah, lo que arroja un resultado de 26 600 000 muertos. «Los que matan son hombres», afirma, «como también lo son los muertos; eso es lo terrible [...]. Soy un hombre como los demás, soy un hombre como vosotros» (Littell 2007, 101).

# ESTUDIO DE LOS PERSONAJES

## EL NARRADOR (MAX AUE)

Es difícil definir su estatus. Es el personaje principal de la trama y está rodeado de un cierto misterio:

- los demás personajes lo perciben como un hombre frío y altivo. Es apreciado por su rigor en los trabajos que acomete y por su honestidad intelectual. Lo mueve una fe profunda hacia el nacionalsocialismo y su cultura general es impresionante. Por ejemplo, habla un griego antiguo fluido;
- su papel en la intriga se limita principalmente a un papel de observador. La mayor parte del tiempo, mira y comenta las acciones que se desarrollan en su entorno en las que no participa, o mínimamente. En *Alemandas I y II*, se convierte en oficial de enlace («Observo y no hago nada; es mi actitud preferida», Littell 2007, 1066) y entrega informes. En *Minueto (en rondós)*, su papel en la exterminación de judíos es puramente administrativo;
- a pesar de que no participa del todo en la acción, sigue ocupando el papel de personaje central. Todo lo que ocurre se nos presenta a través de sus ojos. Así, su personaje solo es un punto de vista, pero un punto de vista central que condiciona toda la acción. Su nombre, Max Aue, es minimalista (dos sílabas) y, además, sale nombrado muy rara vez en la novela, lo que nos muestra a la perfección cuál es su estatus narrativo.

## SU HERMANA (UNA)

En relación con los acontecimientos históricos, Aue se limita a ser únicamente una mirada, un punto de vista. Sin embargo, es el protagonista de una trama personal (una novela familiar) que se inserta en una novela histórica. Está enamorado de su hermana, Una, «la única».

Objetivamente, no sabemos nada acerca de Una, salvo lo que se nos cuenta a través de los ojos del narrador. Durante su infancia, han llevado a cabo juegos sexuales que, una vez que los han descubierto, les ha valido que los separen y los envíen a pensionados diferentes. En el momento en el que se desarrolla la trama de *Las benévolas*, el narrador sigue enamorado de ella, mientras que Una hace cruz y raya sobre su pasado y se ha casado.

Este amor incestuoso viene, en el autor, de un vago deseo de hermafrodismo, de no diferenciación de sexos, del que la infancia está más cerca. Desea *ser* su hermana. Sus relaciones homosexuales obedecen a este deseo de ser solo uno con ella, de sentir lo que ella siente.

La ideología nazi, basada en el principio de la raza, creía en la «pureza de raza». Así, la única unión legítima era entre alemanes de raza aria, para conservar esa pureza de raza. La unión malsana entre Aue y Una ilustra la degeneración de esta ideología.

## SU MADRE Y SU PADRASTRO

Al mismo tiempo que Max Aue está enamorado de su

hermana, por otra parte, odia profundamente a su madre, puesto que cree que ha abandonado a su padre y, además, se ha casado con otro hombre, un francés llamado Aristide Moreau.

En *Zarabanda*, Aue descubre cuando despierta que su madre y su padrastro han sido asesinados. En *Giga*, parece completamente seguro que él es el autor de estos asesinatos.

Las «benévolas» designan en realidad a las diosas de la mitología griega, las Erinias, cuyo papel es proteger el orden de la ciudad y perseguir a los autores del crimen perpetrado contra su familia.

En este sentido, la figura del narrador se asemeja a la de Orestes. Tras la guerra de Troya, este vuelve a Atenas donde su madre, Clitemnestra, ha asesinado a su marido, Agamenón, con la complicidad de su nuevo amante, Egisto. Para vengar la muerte de su padre, Orestes mata a los dos culpables y, a continuación, es perseguido por las famosas Erinias, pero tras la intervención de Atenea, es salvado, y las Erinias, que renuncian a su ira, son llamadas las «benévolas». Encontramos así una transposición del mito de Orestes en la novela.

## SUS *ALTER EGOS*

Varios personajes conforman el entorno cercano del narrador. A menudo, rozan la caricatura y, así, parecen poco creíbles (de hecho, esta fue una de las críticas que se hizo a la novela). Sin embargo, esta caricatura tiene una razón de ser:

- Thomas Hauser parece ser un amigo para el narrador, incluso su mejor amigo. Mientras que Aue es frío y distante, Thomas encarna la alegría de vivir, conoce todos los buenos clubs de Berlín y tiene una vida social desenfrenada. Salva la vida del narrador en varias ocasiones;
- el doctor Mandelbrod, acompañado por su asociado, Herr Leland, es una especie de padrino para Aue. Ha conocido a su padre y a su abuelo, y contribuye a la buena evolución de su carrera, sobre todo cuando le presenta a personalidades influyentes. Es obeso y se mueve en silla de ruedas; además, está constantemente rodeado de gatos, a pesar de ser alérgico (Littell 2007, 1881);
- Clemens y Weser son dos policías que investigan el crimen que el narrador ha cometido. A pesar de que este último queda libre de toda sospecha, Clemens y Weser siguen persiguiéndolo hasta considerarlo culpable. Son inseparables y son vistos como «dos caricaturas» (Littell 2007, 3082).

Estos personajes, poco creíbles, incluso absurdos o casi fantásticos, son como aspectos de la personalidad del narrador. Tal y como hemos visto, este es un personaje vacío de toda sustancia, es un punto de vista. Y mientras que Thomas es su cara resplandeciente, la del impulso vital y la del deseo de vivir, Clemens y Weser encarnan su lado oscuro, el de la culpabilidad y el de la vergüenza y, por su parte, el doctor Mandelbrod y su asociado, Herr Leland, encarnan sus ansias de éxito profesional.

# CLAVES DE LECTURA

## EL NACIONALSOCIALISMO, RELIGIÓN POLÍTICA

El nacionalsocialismo (el nazismo) puede ser definido como una verdadera religión política que se basa en la idea de la raza.

En gran medida, la política estaba entonces estrechamente vinculada a la biología («Una política debe o ser biológica o no ser», Littell 2007, 372). Así, Eichmann, en un discurso pronunciado en Budapest, incluido en *Minueto (en rondós)*, habla de la «célula infecciosa de la regeneración judía» y sostiene que el combate de Alemania «es la prolongación del de Koch y Pasteur» (Littell 2007, 3255), lo que sugiere la idea de una vacuna contra una enfermedad que sería el judaísmo. Se aplicaban también a los hombres las teorías de Darwin: tal y como sucede en las especies animales, únicamente las razas más fuertes sobreviven (la raza aria), mientras que las más débiles desaparecen (la raza judía). Así, el nacionalsocialismo era a la vez una ideología política, una religión y una filosofía basada en argumentos pseudocientíficos.

## NACIONALSOCIALISMO, BOLCHEVISMO Y JUDAÍSMO

En *Las benévolas* encontramos un gran número de reflexiones de filosofía política que a menudo se presentan como diálogos.

- En *Courante*, un prisionero bolchevique le expone al narrador la idea, bastante original, de que en el fondo, el nacionalsocialismo y el comunismo bolchevique parten de una base idéntica (Littell 2007, 1664):
  - mientras que el comunismo tiene por objetivo una sociedad sin clases (es decir, una sociedad igualitaria en la que no habría más distinciones entre clases sociales bajas o altas, entre pobres y ricos), el nacionalsocialismo predica una sociedad de raza aria depurada de las razas inferiores;
  - en el fondo, las dos ideologías se basan en el mismo principio: el determinismo (el hombre no escoge su destino, sino que está determinado por la historia y por la naturaleza). En consecuencia, existen «enemigos objetivos (...) categorías de seres humanos que es legítimo eliminar no por lo que hayan hecho, ni siquiera por lo que hayan pensado, sino por lo que son» (Littell 2007, 1657), es decir, la raza inferior para el nazismo, la clase burguesa para el bolchevismo;
  - al final, entre estas dos ideologías, el principio es el mismo, solo difiere el contenido: clase por un lado, raza por el otro. Determinismo de clase contra determinismo racial.
- A lo largo de toda la novela se desarrolla una idea aún más original, en la que se expone que, en el fondo, el judaísmo se encontraría muy cercano al nacionalsocialismo (y, por lo tanto, al comunismo). Para los alemanes y los rusos, según sus conceptos de raza o de clase, el individuo aislado no cuenta; solo tiene sentido la nación, el *Volk*. Por su parte, los judíos, con sus costumbres, «tenían ese fuerte sentimiento de comunidad»; «Seguramente

por eso eran nuestros enemigos por excelencia, se nos parecían demasiado» (Littell 2007, 417).

Con estos pensamientos, se trata de señalar la inmensa fraternidad humana que reina entre los hombres a pesar de sus etiquetas y, en consecuencia, señalar la absurdidad de la raza. Un hombre sigue siendo un hombre a pesar de sus ideologías.

## LA BUROCRATIZACIÓN DEL MAL

La exterminación de los judíos en la época de la Alemania nazi escandalizó, no sin razón, al mundo entero. Se trataba de un auténtico genocidio (exterminación deliberada y sistemática de una comunidad humana). Sin embargo, tal y como subraya el narrador, el genocidio judío no ha sido el único de la historia. Así, cita el genocidio indio, que sucedió durante la conquista de América (siglo XIX), pero también podríamos citar otros, como el genocidio armenio en Turquía (1915-1916).

Sin embargo, más allá del número de víctimas (entre 5 y 6 millones), la particularidad del genocidio judío durante la Segunda Guerra Mundial reside sin duda en el método y el rigor empleados por los alemanes para alcanzar sus objetivos. Los campos de concentración funcionaban como verdaderas empresas, sometidas a una administración rigurosa. En *Minueto (en rondós)*, la «solución final» se contempla exclusivamente en términos propios del mundo empresarial. Se habla de «producción», de «coste», de «contrato» o de «rendimiento». Así, el narrador sostiene que «un leve aumento del coste real de mantenimiento, bien gestionado, podía traer consigo un aumento considerable de la ratio de productividad» (Littell 2007, 2680). Más adelante, se produce un debate acerca del número exacto de calorías que se debe dar a los prisioneros (Littell 2007, 2723).

En resumen, podemos ver perfectamente en la novela que la exterminación de los judíos se gestionó de manera fría, de forma burocrática, en términos de cifras y cálculos. En lugar de hablar de la banalización del mal, podemos decir que el nacionalsocialismo directamente burocratizó el mal. La atrocidad profunda de este genocidio reside en esta constatación. Los nazis no eran criminales o genios del mal; la mayoría de ellos eran burócratas que hacían su trabajo, como Eichmann (Littell 2007, 3223), que, sin embargo, tras la guerra fue demonizado.

## OMNIPRESENCIA DEL REGISTRO ESCATOLÓGICO

La escatología es central en *Las benévolas* y a menudo se mezcla con el sexo. Los excrementos aparecen con frecuencia en los sueños o en las fantasías del narrador. En uno de sus sueños, el narrador ve a un amigo, Voss, «a gatas y con el trasero al aire», «con mierda líquida» que se le derrama desde el ano; a continuación, a pesar de sus esfuerzos por limpiarse el líquido, la mierda sale a raudales hasta que le mancha las manos (Littell 2007, 1287). En otro sueño, ve a su hermana con un vestido blanco y mierda negra rezuma a través del tejido (Littell 2007, 3662). Así, la escatología parece cumplir dos funciones en la novela:

- por una parte, simboliza la «mierda» en la que se mete la Alemania nazi. El nacionalsocialismo es una religión política a la que todo un pueblo se vio arrastrado y que, por su carácter místico y absoluto, llevaba en ella la imposibilidad de volver atrás. En cierta manera, nadie tenía las manos limpias. Sobre todo, la imagen de la mierda ilustra poderosamente el enredo de los alemanes en Rusia y el olor de la derrota;
- por otra parte, y desde un punto de vista más íntimo, la mierda es una mancha. Representa de manera trágica la pérdida del hermafrodismo original (la no distinción de sexos), del que la infancia está más cerca, y la pesadez de los cuerpos adultos divididos entre hombres y mujeres.

## LA MÚSICA DE LA ATROCIDAD

La música también está omnipresente en *Las benévolas*. Con un carácter punzante, la encontramos en cada parte de la novela y en todos los niveles. Su presencia mareante desvela así el carácter absurdo de la guerra y, más profundamente, el carácter absurdo de la condición humana. Los momentos de música más depurados se codean con las escenas de carnicería más sangrientas, de ahí el sentimiento de lo absurdo. Parece que el arte no puede superar la realidad.

En *Tocata*, el narrador expresa su profundo pesar por no saber tocar el piano. En *Alemandas I y II*, el comando del que forma parte adopta a un huérfano judío llamado Yakov que resulta ser un genio del piano («Se le perdona todo, incluso que sea judío», Littell 2007, 375). Aun así, finalmente será ejecutado tras un accidente que le aplasta la mano (Littell

2007, 451). En *Courante*, bajo las ruinas de Stalingrado, un soldado alemán escucha los discos de un bolchevique al que acaban de matar («Nuestro amigo debía de ser un melómano por todo lo alto», Littell 2007, 1712). En *Minueto (en rondós)*, el narrador se encuentra en una velada en casa de Eichmann en la que este toca un cuarteto de Brahms acompañado de otros SS. En *Giga*, el narrador dispara en la cabeza a un anciano que tocaba *El arte de la fuga* en un órgano de una iglesia devastada (Littell 2007, 3888).

De hecho, los títulos de los capítulos son nombres de bailes tradicionales de la *Partita*, género que Bach desarrolló abundantemente. Así, *Alemanda* designa un baile lento en tres tiempos; *giga*, un baile rápido y frenético, a menudo con la forma de fuga; *zarabanda*, un baile serio y solemne, etc. El desfase entre los nombres de los capítulos y su contenido deja ver una ironía trágica y cruel.

# PISTAS PARA LA REFLEXIÓN

## ALGUNAS PREGUNTAS PARA PROFUNDIZAR EN SU REFLEXIÓN...

- ¿Qué tiene de original el punto de vista adoptado en *Las benévolas* con respecto al conjunto de escritos acerca de la Segunda Guerra Mundial y, en particular, acerca de la Shoah? Compare *Las benévolas* con *La muerte es mi oficio*, de Robert Merle.
- ¿Por qué cree que la novela desencadenó tantas reacciones apasionadas cuando se publicó?
- ¿En qué medida el tema de la homosexualidad es revelador, aquí, de la ideología nazi y de su carácter perverso?
- ¿Cuál es la particularidad del narrador Aue, protagonista de *Las benévolas*? ¿A qué otro(s) narrador(es) famoso(s) de la literatura francesa le recuerda Aue? ¿Por qué se le ha comparado frecuentemente con Marcel, el narrador de *En busca del tiempo perdido*, de Proust?
- Señale los pasajes y los personajes que pertenecen a lo fantástico, incluso a lo absurdo. ¿Qué papel desempeñan Thomas, Mandelbrod, Clemens y Weser con respecto al narrador? Indique la relación con Kafka (temas de la culpabilidad, el erotismo, la suciedad, etc.).
- De entre las reflexiones filosóficas abundantes, resalte el paralelismo (o incluso, la similitud) que se establece entre el nacionalsocialismo y el bolchevismo. ¿A qué conclusión llega con este paralelismo a nivel de ética y de filosofía del ser humano?
- Aparte de impactar al lector, ¿tiene alguna otra función en la novela la dureza de esta, en especial la omnipresen-

cia de la mierda?

- Indique las referencias a la mitología griega (sobre todo, en el título y a través de la figura de Aue). ¿Por qué cree que Littell ha introducido estas referencias antiguas?
- ¿En qué medida podemos decir que los nazis «burocratizaron» el mal?
- ¿Qué sugiere el tema de la música en la novela, en términos de efecto dramático y de reflexión filosófica? ¿Establece un contraste con la dureza de la guerra? ¿A qué otra novela sobre la Segunda Guerra Mundial le recuerda?

# PARA IR MÁS ALLÁ

## EDICIÓN DE REFERENCIA


- Littell, Jonathan. 2007. *Las benévolas*. Traducido por María Teresa Gallego Urrutia. Barcelona: RBA Libros. E-book en PDF.


## ESTUDIO DE REFERENCIA


- Clément, Murielle Lucie, dir. 2010. *Les bienveillantes de Jonathan Littell*. Cambridge: Open Book Publishers.

# ResumenExpress.com